PUM
ZAS

LA CARTA MÉS ALTA

Casp, 79 – 08013 Barcelona
Tel.: 902 107 007
combeleditorial.com
agusandmonsters.com

Autors representats per IMC Agència Literària SL.

Disseny de la col·lecció: Estudi Miquel Puig

Primera edició: febrer de 2017
ISBN: 978-84-9101-203-0
Dipòsit legal: B-25536-2016
Printed in Spain
Imprès a Índice, SL
Fluvià, 81-87 – 08019 Barcelona

LA CARTA MÉS ALTA

JAUME COPONS &
LILIANA FORTUNY

COMBEL

1

LA FIRA INTERNACIONAL DEL JOC DE TAULA

A gairebé tothom li agrada anar d'excursió amb l'escola, però a mi no. M'estressa molt. Sempre penso que em perdré, que em deixaré alguna cosa essencial o que m'avorriré mortalment. I he de dir que la primera excursió del curs em va agafar del tot desprevingut. I, així, de cop, tal com vaig arribar a l'escola em vaig trobar fent cua per pujar a un autocar.

Si hagués sabut que anàvem d'excursió amb autocar, no hauria pres llet per esmorzar, però aquell matí m'havia afartat de llet amb cereals i... En fi, tampoc vull donar detalls escabrosos del que va passar a dins de l'autocar.

El viatge no va durar gaire, just perquè jo tragués a passejar els cereals de l'esmorzar i poca cosa més. De sobte ens vam situar just davant del Palau de Congressos on se celebrava la Fira Internacional del Joc de Taula. Tot plegat em va semblar molt espectacular.

Que l'Emma ens dividís en grups com a mínim va permetre que la Lídia, els monstres i jo poguéssim passejar al nostre aire per la Fira. I la veritat és que ens va agradar perquè vam veure un munt de jocs de taula.

Vam passar per una infinitat de sales, on la gent jugava a tota mena de jocs de taula. N'hi havia que eren antiquíssims, com l'aualé, i molts d'altres que no sabia ni com es deien.

Vaig descobrir un joc que va em encantar: el futbol de botons! Em va semblar increïblement senzill, divertit i ben trobat. Quan et tocava xutar, amb un botó havies de xutar-ne un altre per fer gol al teu adversari.

Vam veure puzles en 2D i en 3D, jocs d'equip i jocs individuals, i també hi havia jocs que semblaven molt fàcils de jugar i d'altres que requerien un esforç mental bestial.

Jo, que no havia estat mai gaire de jocs de taula, perquè abans de conèixer els monstres era molt de consoles i pantalles (les de la tele, el telèfon, la tauleta...) i després de conèixer els monstres m'havia tornat més de llegir, vaig haver de reconèixer que hi havia jocs que resultaven força divertits.

Arggs!!! M'he menjat un formatget del Trivial!

Em pensava que ja ho havíem vist tot quan, de cop i volta, vam arribar a una gran sala on vam veure una cosa que ens va deixar espaterrats: una gran urna de vidre que contenia un milió d'euros en monedes... I això, per sorprenent que fos, no era res comparat amb el que hi havia damunt de les monedes.

Evidentment, ens vam posar histèrics. Que el *Llibre dels monstres* fos davant nostre tancat dins d'una urna de vidre era una oportunitat única perquè els monstres poguessin tornar a casa seva. Però què significava tot allò?

Per sort la Lídia va trobar uns fullets que explicaven de què anava tot allò. I així vam saber que aquella urna tenia a veure amb un torneig de jocs de taula. I gairebé ens vam quedar sense paraules. Només ens sortien monosíl·labs.

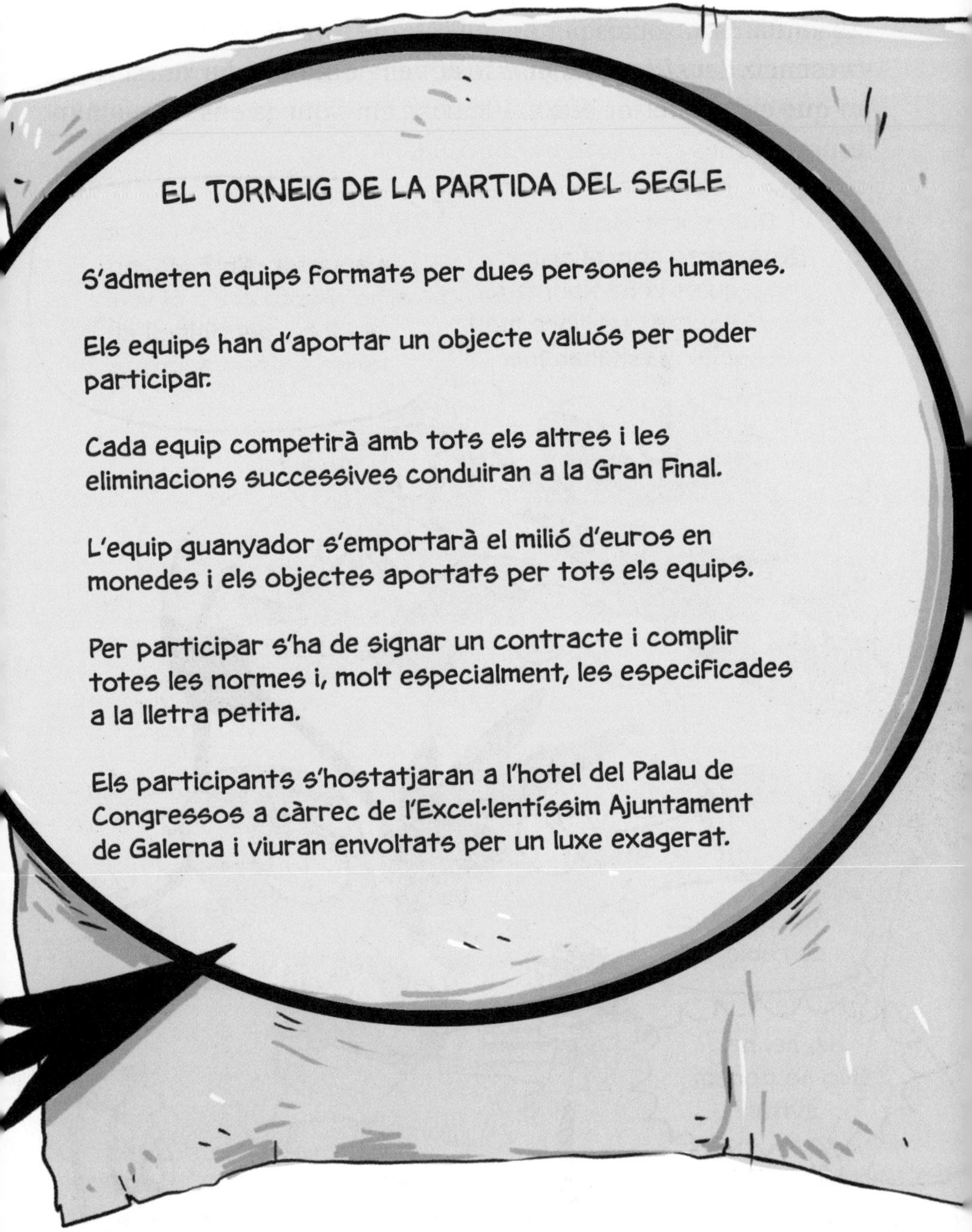

EL TORNEIG DE LA PARTIDA DEL SEGLE

S'admeten equips formats per dues persones humanes.

Els equips han d'aportar un objecte valuós per poder participar.

Cada equip competirà amb tots els altres i les eliminacions successives conduiran a la Gran Final.

L'equip guanyador s'emportarà el milió d'euros en monedes i els objectes aportats per tots els equips.

Per participar s'ha de signar un contracte i complir totes les normes i, molt especialment, les especificades a la lletra petita.

Els participants s'hostatjaran a l'hotel del Palau de Congressos a càrrec de l'Excel·lentíssim Ajuntament de Galerna i viuran envoltats per un luxe exagerat.

Absolutament xocats per aquell estrany torneig i sobretot per la presència del *Llibre dels monstres*, vam tenir una darrera sorpresa que ens va deixar ben al·lucinats. Tot i que ja ens ho podíem esperar!

2

BOGERIA TOTAL

Ens vam tornar literalment bojos. Havíem d'apuntar-nos al Torneig fos com fos. Era una oportunitat única per recuperar el *Llibre dels monstres*, però abans havíem de calmar-nos una mica i, a més, havíem de resoldre uns quants problemes.

Un moment,
un moment!
Calmem-nos una mica i fem les coses d'una en una! O si més no, repartim-nos les feines i anem pas a pas...
Es pot saber què fas amb un carro ple de carbó?
No res, ja ho veureu... Acabo de recordar un còmic de l'any 1974!

Vam fer el que va dir en Ziro: ens vam repartir les feines. La Lídia i jo vam convèncer l'Emma que si guanyàvem la partida donaríem el milió d'euros a l'escola perquè es pogués arreglar el terrat, que feia anys que estava ple de forats i, quan queien quatre gotes, a dins de l'escola plovia a bots i barrals. Evidentment, l'Emma va estar encantada. I nosaltres també, perquè només volíem aconseguir el *Llibre*.

I els monstres tampoc no van perdre el temps. En Brex va crear un immens diamant pràcticament del no-res.

Estàvem feliços i preparats per afrontar el que vingués a partir d'aquell moment. Només ens calia preparar les bosses per marxar cap a l'hotel, però aleshores la Lídia va destapar la caixa dels trons.

Quan els monstres es van adonar que ni la Lídia ni jo érem gaire afeccionats als jocs de taula, el Sr. Flat ens va fer unes quantes preguntes.

Després d'un primer moment d'ensurt dels monstres, van decidir no deixar-se abatre pel nostre desconeixement dels jocs de taula. I llavors ens van sotmetre a un entrenament intensiu d'alt nivell.

No hauria dit mai que poguessin existir tants jocs de taula!
I em sembla que encara n'hi ha més! Quina bogeria!

Vam estar treballant de valent. I quan vam aconseguir un nivell més o menys mínim jugant als jocs més coneguts, va arribar el moment de llegir una mica. I el Sr. Flat va triar el *Marcel·lí* de Sempé.

Tu te'n recordes, de quan no érem amics?
No gaire. Tinc la sensació que sempre hem estat amics però no ho sabíem.

Abans que la Lídia marxés a la seva habitació pel forat que en Hole obria i tancava contínuament perquè ens poguéssim comunicar, el Sr. Flat i en Ziro van parlar un moment amb nosaltres.

3

A L'HOTEL

L'endemà vam agafar les nostres bosses (la de la roba, la dels llibres i la dels monstres), ens vam trobar amb l'Emma a la porta de l'escola i d'allà vam marxar directament cap a l'hotel de la Fira Internacional del Joc de Taula.

A l'hotel ens va rebre el president de la Fira i organitzador del Torneig, que a la vegada era l'alcalde de Galerna i propietari de l'Hotel de la Fira.

Mentre signàvem els contractes per participar en el Torneig i lliuràvem el nostre diamant, l'Emma no va perdre l'oportunitat de fer notar a l'alcalde que tot allò era molt estrany.

Però es pot saber què ha dit l'alcalde?
Res, Agus, no ha dit res. Moltes paraules per no dir res!
I el pobre amb la de llibres bons que hi ha al món i de flors boniques, ens regala el *Llibre dels rècords Guinness* i unes flors de plàstic!
Aquest home s'hauria de deixar de tants luxes i anar a veure una mica de gòtic i romànic, a veure si se li encomana el bon gust!
D'això del diamant no me n'havien dit res. Aquestes criatures són un pou sense fons de sorpreses!

L'alcalde va dipositar el nostre diamant a dins de l'urna de vidre. Ja estava fet! Oficialment ja érem participants en el Torneig! I cal dir que el nostre diamant va causar una gran admiració.

Després de parlar una estona amb aquell senyor tan amable, vam anar a instal·lar-nos a les habitacions i vam descobrir que realment eren de luxe en majúscules. La Lídia es va instal·lar en una habitació, jo en una altra i a l'habitació del mig s'hi va instal·lar l'Emma.

Perquè la Lídia no se sentís sola a la seva habitació, uns quants monstres es van instal·lar amb ella. Tot i que tampoc feia cap falta perquè, gràcies als forats d'en Hole, podíem passar tranquil·lament d'una habitació a una altra.

Com que el Torneig no començava fins l'endemà, vam aprofitar per anar a donar un volt i, entre altres coses, vam descobrir que el luxe de l'hotel realment no tenia límits.

Però el millor va arribar quan vam decidir tornar a entrar al saló i, a dins de l'urna de vidre, a més del *Llibre dels monstres* i el nostre diamant, vam veure una guitarra elèctrica, un lingot d'or, un immens barril de caviar rus d'una qualitat excepcional i una bossa molt estranya.

Escolta, Agus, la bossa de l'urna està plena de pols de fada extinta!!!
Una meravella! Realment és una meravella de diamant!
A bona hora!!!

A uns quants metres de l'urna, a la mateixa sala, en una paret hi havia un gran panell que mostrava qui eren els nostres contrincants en el Torneig i què hi havia aportat cadascun dels equips.

SR. COPONÒVITX
i SRA. FORTUNYOVA
GERMANES HOOD
GUITARRA RICKY MABE
DE JOHN LENNON
BOSSA DE POLS
DE FADA EXTINTA
LINGOT D'OR
SR. HOOKER
i SR. GONDORF

Encara estàvem parlant dels nostres competidors, quan vam veure una cosa que ens va inquietar molt.

Quin plaer fer tractes amb algú com vostè! Els dos en sortirem beneficiats del nostre pacte. És vostè molt gran, Dr. Brot. Molt!
Sí, és veritat. Sóc immens! Uaahahaha!
Que bonica que és l'amistat ben entesa!

Tot i el mal rotllo que ens va agafar quan vam veure el Dr. Brot abraçat a l'alcalde de Galerna, aquell vespre a l'habitació ens vam relaxar i vam estar llegint mentre en Hole i en Drílocks feien una visita al despatx de l'alcalde.

Per no tallar-se les ungles li van sortir deu peülles i fa un any sencer que no visita el perruquer. Quin horror! Quin desastre! Quin nen més sapastre!
No hem trobat res estrany. A la caixa forta hem trobat els contractes que hem signat dins d'una carpeta que tenia una etiqueta amb el títol «Lletra petita». Però res més...
És curiós, això de la lletra petita!

4

PRIMERES PROVES I PRIMERS PERDEDORS

L'endemà al matí, després d'esmorzar, va arribar el gran moment. L'alcalde va anunciar solemnement la primera prova del Torneig: una partida de daus. Es tractava de treure un sis. I el darrer equip a treure'l seria fulminantment eliminat del Torneig.

Però això és pura sort!
Tu ho has dit!
Ja se sap, com va dir l'amic Mallarmé: una tirada de daus mai no abolirà l'atzar!

El primer a tirar els daus va ser el Dr. Brot i va superar la prova a la primera. N'hi havia per malpensar-ne. Però si havia fet trampes no ho podíem demostrar de cap manera i, per tant, vam haver de continuar!

Tots els altres equips, i nosaltres també, vam haver de tirar un munt de vegades perquè no hi havia manera humana ni monstruosa de treure un sis.

I finalment van arribar els resultats. Els primers a treure un sis van ser el Sr. Coponòvitx i la Sra. Fortunyova, que estaven exultants. I els segons van ser els senyors Dostoievski. I també van treure un sis el Sr. Hooker i el Sr. Gondorf.

I per fi, la Lídia, en tres fases, va aconseguir-ho: vam treure un sis.

Que nosaltres traguéssim un sis va provocar que automàticament les germanes Hood, que anaven darrere nostre, perdessin la primera prova del Torneig sense ni tan sols haver tirat els daus. I, conseqüentment, van ser les primeres a haver d'abandonar el Torneig.

Com que fins a la tarda no teníem la segona prova del Torneig, l'Emma ens va convidar a prendre un refresc al bar de l'hotel i allà vam trobar el Sr. Coponòvitx i la Sra. Fortunyova. I com que hi vam parlar una bona estona, vam saber qui eren i a què es dedicaven.

La guitarra que hem aportat per al Torneig era d'en John Lennon.
La nostra idea és guanyar el concurs i amb els diners aconseguits comprar una guitarra d'en George Harrison, un baix d'en Paul McCartney i una bateria d'en Ringo Starr.
Oi que és una idea genial? Els instruments dels quatre Beatles!
La idea és que les futures generacions puguin tenir accés al so dels Beatles.

Les intencions del Sr. Coponòvitx i la Sra. Fortunyova semblaven força bones, però no havien tingut en compte que s'estaven jugant la guitarra del seu estimat Lennon.

I va arribar el moment de la segona prova. Quan l'alcalde ens va explicar de què aniria la cosa, jo, que havia pujat dalt d'una cadira per veure'l millor, vaig relliscar i vaig caure sobre una taula plena de menjar. El menjar va anar per terra i va fer que el Sr. Hooker també caigués. I, de cop, davant nostre, de les butxaques d'aquell home van començar a sortir-ne cartes, daus, fitxes, imants i tota mena d'estris que feien pensar que estava preparat per fer trampes.

La lletra petita no deixa dubtes! Fora del Torneig per tramposos!
Sembla mentida! On anirem a parar si la gent fa trampes?
Això ho diu seriosament, Doctor?
Calla, burro!

Em vaig quedar fet pols. Tot i que el Sr. Hooker i el Sr. Gondorf pretenien fer trampes, em sabia greu el que havia passat. Per culpa meva havien estat expulsats.

Aquella nit, quan va ser l'hora de llegir, el Sr. Flat va triar «l'Aneguet lleig», de Hans Christian Andersen. I tenia un bon motiu per fer-ho.

Potser va ser justament perquè era tan maldestre que Handersen va escriure contes com «L'aneguet lleig» i «El soldadet de plom».
Va, va, llegim-los tots dos!
Jo moltes vegades m'he sentit com l'aneguet lleig...
A mi moltes vegades m'han dit que sóc un plom...

5

EN PLE TORNEIG

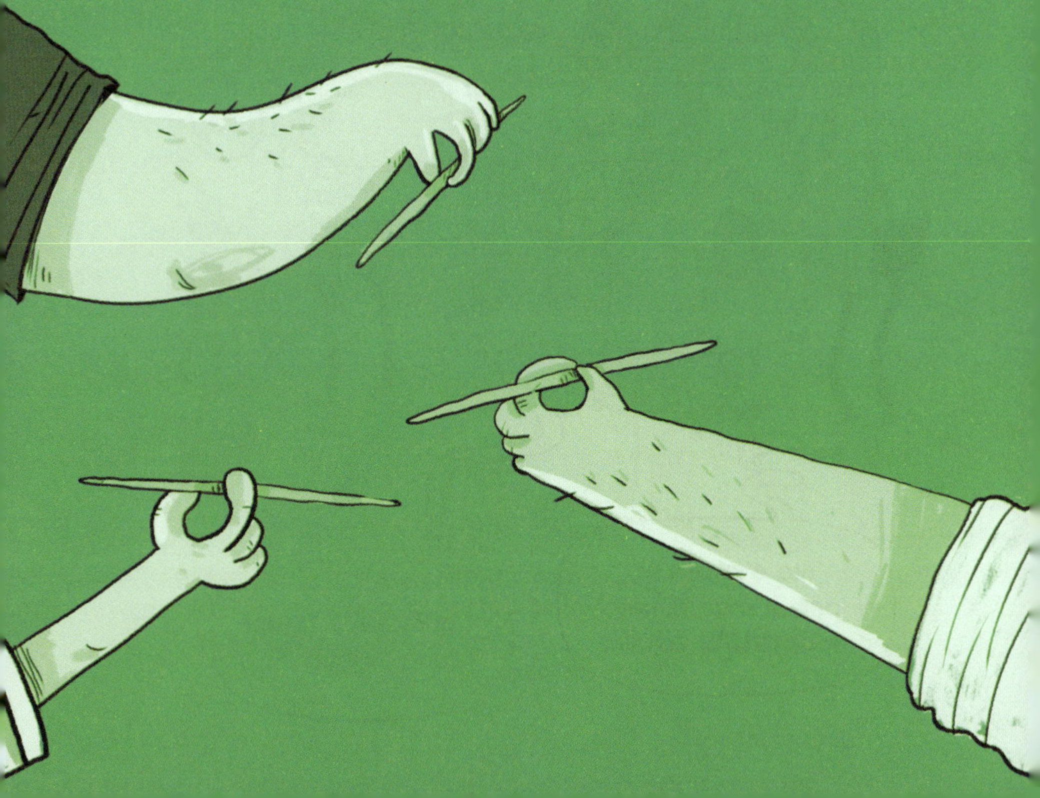

L'endemà al matí, quan anàvem cap al restaurant de l'hotel per esmorzar abans de la prova següent, vam coincidir amb el Dr. Brot a l'ascensor. I, és clar, la trobada no va ser gaire agradable.

Després d'aquella trobada, vam decidir anar a esmorzar a l'habitació de la Lídia, perquè si volíem podíem esmorzar a les habitacions. I, abans que esmorzar amb el Dr. Brot, hauríem esmorzat a qualsevol altre lloc.

Com que estàvem intranquils, després d'esmorzar vam anar a veure l'urna de vidre i ens vam assegurar que el *Llibre dels monstres* fos el llibre autèntic. No hauria estat la primera vegada que el Dr. Brot utilitzava un llibre fals per enganyar-nos.

L'Emma, que havia esmorzat al restaurant de l'hotel, ens va explicar que el Dr. Brot i en Nap havien menjat com porcs i s'havien barallat amb un cambrer. I nosaltres li vam dir que, ara que ja havien caigut dos dels equips participants, teníem molts punts per ser els tercers a caure.

I va arribar l'hora de la tercera prova. Aquesta vegada es tractava de jugar al mikado. El nom em va alarmar, perquè vaig pensar que seria un joc molt estrany, però va resultar que el mikado era el joc dels bastonets xinesos!

El primer a treure un bastonet va ser el Dr. Brot, i ho va fer sense cap problema. Després ho vam fer tots els altres equips. Era fàcil treure el primers bastonets perquè n'hi havia uns quants que havien quedat damunt de tot i d'altres que havien quedat separats de la resta.

Cada equip va treure dos bastonets més sense gaire problema, però de cop i volta les coses es van complicar. Ja només quedaven bastonets que eren molt difícils de treure. I aleshores vam tenir una sort al·lucinant. Els pobres senyors Dostoievski van moure tots els bastonets.

UF! Aquesta vegada ha anat de poc!

Un cop més la sort ens havia somrigut. Els nostres contrincants, que no havien tingut tanta sort, estaven fets pols i vam dedicar-nos a consolar-los.

Així va ser com vam descobrir que tots els equips que participaven en el Torneig tenien els seus problemes. I a mi fins i tot el Sr. Hooker i el Sr. Gondorf, que pretenien fer trampes, em feien llàstima.

No podíem evitar estar tristos pels nostres companys de torneig. I potser per això, per fer-nos riure, aquella nit el Sr. Flat ens va llegir uns quants rècords del *Llibre dels rècords Guinness*.

Vam riure molt perquè aquells rècords eren autèntiques ximpleries que semblaven inventades per la ment estrambòtica d'un pertorbat com el Dr. Brot.

En John Evans, de setanta anys, és capaç d'aguantar un cotxe damunt del cap.
L'André Ortoff és la persona que corre més ràpid amb botes d'esquí.
Em pregunto quina estranya idea li deuria passar pel cap per posar-se a córrer amb botes d'esquí!
I del tipus del cotxe damunt del cap, què me'n dius?

6

UN MAL MOMENT

Ja només quedaven tres equips: el del Dr. Brot i en Nap, el del Sr. Coponòvitx i la Sra. Fortunyova i el que formàvem la Lídia i jo. I tenint en compte els nostres nuls coneixements dels jocs de taula, les probabilitats que teníem de continuar en el Torneig eren mínimes. Això em feia estar entre una mica i molt desanimat.

Com que em vaig llevar tard, pràcticament no vaig poder esmorzar. El Dr. Brot i en Nap s'havien cruspit tot el que hi havia al bufet lliure del restaurant.

Quan en Nap em va dir que havia d'agafar energia per jugar a futbol, ho vaig atribuir a la immensa tonteria que portava a sobre, però quan l'alcalde ens va comunicar quina era la prova següent, em vaig atabalar molt.

Fan trampes! En Nap ja sabia que jugaríem a futbol de botons. Fa una estona m'ho ha dit!
No, no, no, no, no... Mentida podrida!
En Nap ha dit «futbol», no «futbol de botons»! Aquest nen és un poca-solta, un mentider i un indecent!
Escolti, no tolero que li parli així al meu alumne!

Els monstres, l'Emma i la Lídia es van indignar, però no em va fer cas ningú més. I tot d'una ja sèiem en una taula, esperant que l'alcalde llancés el botó que feia de pilota.

Tu, tranquil, Agus. A més, vas dir que el futbol de botons t'agradava molt!
Sí, però no hi he jugat mai!
Nosaltres tampoc, oi, Fortunyova!
Calla, calla i concentra't! Que necessites que el poc cervell que tens estigui pendent dels botons!
Abandoneu tota esperança! Uaahahahahaha!

De cop i volta, la taula es va convertir en un no parar de botons que corrien amunt i avall a cops d'altres botons. Sortosament, la Lídia, que és qui va acabar jugant els últims minuts, se'n sortia prou bé.

I, tot d'una, es va produir el desastre. A la Lídia li va caure el botó de la taula. Segons l'alcalde, la lletra petita del reglament deixava ben clar que, si et queia el botó de la taula, no podies recollir-lo fins que els altres equips haguessin xutat una vegada cadascun.

Estàvem perduts. Era el torn del Sr. Coponòvitx i la Sra. Fortunyova. I llavors, de manera inversemblant i esportiva, els nostres contrincants en comptes de xutar contra la nostra porteria, que estava totalment desprotegida, van xutar contra la del Dr. Brot.

Però tot i l'esportivitat dels nostres adversaris, estàvem perduts. Ara el botó pilota estava en poder del Dr. Brot. I aleshores... Bé, el que va passar tot seguit va ser una cosa inimaginable i, aparentment, sense sentit.

Vam intentar fer costat al Sr. Coponòvitx i a la Sra. Fortunyova, però estaven desconsolats. El Sr. Coponòvitx plorava sense parar i la Sra. Fortunyova s'havia quedat molt empanada i cantava barrejant les lletres de les cançons dels Beatles.

L'alcalde ens van anunciar que la final seria al cap de vint-i-quatre hores, perquè poguéssim tenir temps de descansar i així afrontéssim frescos la darrera prova del Torneig. Però hi havia una cosa que continuava sent inexplicable: per què el Dr. Brot no ens havia fet el gol a nosaltres quan ho tenia tot a favor?

L'Emma, amb molt bon criteri, va comprar unes quantes capses de mocadors que ens van ser molt útils per consolar els nostres contrincants. Ara que havien perdut, semblaven éssers desvalguts i no ajudar-los hauria estat molt roí.

No m'agrada gens veure la gent tan enfonsada.
Potser no haurien d'haver jugat, però és injust que aquesta gent estigui així...
L'únic que pretenien era arreglar els seus problemes o aconseguir els seus objectius a la vida. A mi tampoc m'agrada gens veure'ls així.

Mentre la Lídia i l'Emma continuaven consolant els participants, em vaig acostar al Sr. Flat i a en Ziro, que rellegien el contracte i paraven especial atenció a la lletra petita.

Heu trobat alguna cosa?
Que si hem trobat alguna cosa? La lletra petita està farcida de bestieses!
Quan algú té interès a fer que els contractes siguin extremament complicats i plens de lletra petita, ja et pots posar a tremolar.
Què vol dir, Sr. Flat?
Mira, el que ara t'explicaré ja sé que et semblarà increïble, però va passar fa poc en un país no gaire llunyà.

EL QUE EM VA EXPLICAR EL SR. FLAT DE LA LLETRA PETITA I ELS CONTRACTES

Fa temps els bancs d'un país proper van fer grans ofertes als seus clients perquè guanyessin molts diners amb el que tenien estalviat.

Els clients, especialment els avis, van estar encantats i van signar els contractes alegrement. Confiaven en la gent que treballava als bancs i a les caixes i l'oferta era tan bona...

Però al cap d'un temps, els avis, i la gent en general, van començar a veure que perdien els estalvis. I quan es van queixar, què els van dir?

7

L'HORA DEL DR. BROT

L'endemà, ja convertits en finalistes del Torneig, uns crits molt escandalosos van fer que ens despertéssim a primera hora. I quan vam obrir la porta de l'habitació per veure què passava vam trobar tot el personal de seguretat de l'hotel i un munt de gent al passadís.

Se us acusa d'haver robat el contingut de l'urna de vidre!
Què? Això és una broma?
Això és que estic tenint un malson. Però sé un truc: tanco els ulls, els torno a obrir i tots aquests desapareixen!
112
113

Evidentment el truc de l'Emma no va funcionar. Entre altres coses perquè el que ens estava passant era un malson molt real. Ens van tancar a tots tres en un despatx de l'hotel i van dir que no en sortiríem fins que no confesséssim.

Als de seguretat els faltava una dada important, molt important. Els nostres amics s'havien quedat a l'habitació i, coneixent-los, estava clar que només calia esperar. I tant! Prova d'això va ser que als nostres peus, de dins d'un forat, en Hole ja treia el cap.

Tot el que ve a partir d'ara fins gairebé al final d'aquest capítol m'ho van haver d'explicar els monstres després que tot hagués passat, perquè jo estava tancat en aquella habitació amb la Lídia, que no parava d'incomodar els guàrdies de seguretat, i amb l'Emma, que intentava buscar una explicació mínimament lògica al que estava passant.

El Sr. Flat i en Ziro es van acabar de llegir la lletra petita de dalt a baix i van tenir una idea. Van anar amb en Hole i la Pintaca al despatx del director. Allà, en Hole va fer un forat a la caixa forta, van agafar tots els contractes i la Pintaca hi va fer uns retocs quc, a cop d'ull, eren imperceptibles.

L'Octosol, en Drílocks, la Dra. Veter i en Brex van estar buscant el contingut de l'urna per tot l'hotel i la Fira. I quan ja començaven a posar-se nerviosos, van veure que el Dr. Brot i en Nap parlaven amb l'alcalde, i aleshores van tenir una idea: anar a regirar l'habitació del Doctor.

Aparentment a l'habitació del Dr. Brot no hi havia res, però tot d'una en Brex es va adonar que dins d'un armari hi havia la bossa que en Nap feia servir a les seves actuacions quan era el Mag Pan! I..., bingo!!!

En Hole i l'Emmo van trobar una manera de tornar a posar tot el que havien trobat dins de l'urna sense trencar el vidre. Van foradar el sostre del pis de sota de la sala de l'urna i, no se sap com, van anar introduint-ho tot.

I, de cop i volta, quan els clients de l'hotel van començar a veure que l'urna tornava a ser plena, hi va haver un gran rebombori! Ningú no entenia res!!!

Ningú no entenia res, però va quedar molt clar que nosaltres no havíem estat. Com se suposava que havíem pogut robar el material de l'urna i tornar-lo, si ens tenien tancats en un despatx? Per això no van tenir més remei que demanar-nos perdó i deixar-nos sortir de l'habitació on ens havien tancat.

El Dr. Brot, que tenia molt clar el que havia passat, com que no li feia cas ningú, va estar a punt de patir un dels seus atacs de ràbia. I sort en va tenir d'en Nap.

L'Emma tampoc no entenia res, i va acabar pensant que allò era un terrible malson perquè les altres possibilitats que li passaven pel cap encara li semblaven més estranyes.

I enmig d'aquell misteri irresolt, potser per desviar una mica l'atenció, l'alcalde va decidir anunciar quina seria la prova final, la prova decisiva del Torneig, la Gran Final.

8

PRÀCTICA I RELAX

Tant aviat com vam aconseguir tornar a les habitacions, ens vam posar a entrenar. I de seguida vam veure que era absurd del tot, perquè es tractava d'un joc de pur atzar. El Dr. Brot i en Nap traurien una carta de la baralla; nosaltres, una altra, i la que fos més alta, guanyaria. Això era tot!

Era molt injust que la sort decidís la final. I, d'altra banda, estava clar que hauríem de vigilar molt que el Doctor no fes trampes o que l'alcalde no l'afavorís.

Vam fer un volt i vam passar per la sala de l'urna, on el nostre amic joier no es cansava d'admirar el diamant. L'Emma, com que l'havia vist unes quantes vegades observant el nostre diamant, va arribar a un conclusió absolutament absurda.

I aleshores va arribar el moment de relaxar-nos. L'Emma es va voler quedar al bar prenent un te i llegint. I nosaltres vam anar al gimnàs de l'hotel. I, com que no hi havia cap altre client, ens vam tancar per dins i ens vam relaxar tant com vam poder.

Des de la finestra del gimnàs vam poder veure com el Dr. Brot i en Nap s'estaven al jardí de l'hotel rentant-se les mans amb un líquid llefiscós que tenien en un gibrell.

Quan en Brot i en Nap van marxar, vam anar a veure què era aquell líquid amb què es rentaven les mans. I vam tenir sort perquè els molt porcs s'havien descuidat el gibrell al jardí. Bé, i també vam tenir sort de la traça d'en Brex per analitzar i determinar què eren aquells productes.

I per què s'hi han rentat les mans? Són bojos!
Em temo que ho sabrem aviat!
El que està clar és que no serà per a res de bo. Això segur!

Vam recollir l'Emma al bar, on llegia l'*Ulisses* de James Joyce, i ens va costar un mica arrencar-la d'allà, perquè estava del tot submergida en la lectura. Ens va dir que, quan fóssim una mica més grans, vint o trenta anys més grans, no ens podíem perdre aquella novel·la. I mentre ens ho explicava, un cambrer ens va donar una notícia.

Aquesta dona cada dia m'agrada més! Si fos un monstre, me n'enamoraria!
Senyors, senyores, d'aquí a uns minuts comença la Gran Final. Si em volen fer el gran favor d'acompanyar-me...

9

LA GRAN I ALTA FINAL

Quan vam arribar a la sala on s'havia de celebrar la final, el Dr. Brot i en Nap ja hi eren. També hi havia dues taules, una per al Doctor i en Nap i una altra per a nosaltres, i a cada taula hi havia unes quantes baralles de cartes. Vam trobar estrany que necessitéssim dues taules per jugar a la carta més alta, però vam esperar que l'alcalde ens donés una explicació.

Senyora, relaxi's una mica! La construcció d'estructures o de castells amb cartes és un joc de taula com qualsevol altre!

L'Emma es va queixar formalment, però l'alcalde li va mostrar clarament com en la lletra petita del contracte, en l'apartat de la classificació de jocs de taula, hi figurava la «construcció de castells o estructures de cartes en vertical anomenada també, en casos insòlits, la carta més alta».

És exactament el que va explicar el Sr. Flat! La lletra petita només ha servit perquè poguessin jugar brut legalment!
Però ara no tenim cap altre remei que jugar...

I aleshores, de cop i volta, vam tenir clar per a què servia la cola removible amb què el Dr. Brot i en Nap s'havien rentat les mans. Gràcies a la cola, les cartes s'enganxarien les unes amb les altres i, per a ells, seria molt més fàcil aixecar un castell sense que es desmuntés.

Quina cafrada! Es veia d'una hora lluny que estaven fent trampes! Però nosaltres no podíem fer altra cosa que seguir jugant. Si jugàvem, teníem totes les de perdre, però potser també teníem alguna oportunitat de guanyar... I si no jugàvem, perdríem segur.

I vam començar a fer els castells de cartes. Nosaltres anàvem a bon ritme, però el Dr. Brot i en Nap aixecaven el seu castell a tota velocitat i sense cap mena de problema. No els podíem seguir.

És tan fàcil que quasi no té emoció!
Però..., així, al final, era legal això de rentar-se les mans amb cola *revivible*?
Calla, burro!

Estava clar, molt clar: ens clavarien una pallissa monumental, però aleshores en Flat i en Ziro ens van donar una sèrie d'instruccions.

Tal com ens va dir el Sr. Flat, vam treure l'Emmo de la bossa i vam comprovar que en Brex realment l'havia transformat de tal manera que semblava una màquina.

Vam fer el que ens va dir el Sr. Flat: vam posar uns quants jocs de cartes a l'interior de l'Emmo. I de cop i volta, les cartes van començar a sortir volant de l'Emmo per anar col·locant-se l'una damunt de l'altra amb una precisió sorprenent. Al final el nostre castell era, si fa no fa, com el del Dr. Brot.

Increïble!
Increïble!

I llavors va sonar el cronòmetre de l'alcalde. Havia arribat l'hora de la veritat, l'hora de comprovar qui havia aconseguit posar una carta més amunt, qui havia aconseguit la carta més alta. I no estava gens clar.

10

EL FINAL DE LA FINAL

Van passar vint minuts fins que els ajudants de l'alcalde van aconseguir trobar un metre. I tan aviat com van mesurar els castells de cartes van descobrir que havíem aconseguit un empat exacte. I tot i que l'alcalde i el Dr. Brot buscaven la manera de continuar el joc, nosaltres vam recordar que el Sr. Flat ens havia deixat ben clar que havíem de negar-nos a qualsevol cosa que no fos llegir la lletra petita del contracte.

No, no, no... La lletra petita no en diu res, d'això!
Això! Llegim la lletra petita!
Ho fan de primera. Tot va tal com estava previst!

Mentre l'alcalde i el Dr. Brot discutien què calia fer, el Sr. Flat i en Ziro van insistir que exigíssim els contractes per veure la lletra petita. I tot i que ens van demanar una cosa força incomprensible, els vam fer cas perquè hi confiàvem plenament.

Tot i que el Dr. Brot i l'alcalde buscaven desesperadament una solució que els beneficiés, la Lídia i jo ens vam plantar i vam demanar que portessin immediatament els contractes perquè volíem que en llegissin la lletra petita.

L'alcalde no va tenir cap inconvenient a consultar la lletra petita perquè n'era un autèntic fanàtic, però sobretot perquè, segurament, va pensar que li serviria per trobar una solució a la seva mida.

A simple vista ni l'alcalde ni ningú no van veure res en el punt de la darrera lletra *i* de la lletra petita, però quan hi vam passar la lupa i s'hi van tornar a fixar, les coses van canviar radicalment.

El Dr. Brot es va posar com un energumen. Com sol passar amb els tramposos crònics, va resultar que les trampes el posaven molt nerviós i, sobretot, el que li feia mal és que no podia demostrar que nosaltres havíem fet trampes.

L'alcalde, acostumat a fer tota mena de marranades en els contractes, sabia que no tenia per on agafar-nos i que havia de continuar com si tot allò fos ben normal.

Era increïble que milers d'adults de Galerna haguessin votat aquell alcalde quan nosaltres vèiem que era un desgraciat, un mentider i un estafador.

L'únic que em sap greu és que l'escola es quedarà sense el terrat nou! I continuarem mullant-nos!
Ai, filla, heu fet el que heu pogut. I si aquests animals no es gastessin els diners en barbaritats, la nostra escola ja faria anys que tindria el terrat arreglat!

Quan vam sortir de la sala on havíem celebrat la final, vam anar a trobar els altres participants del Torneig. Els havíem de lliurar els objectes que havien aportat per poder participar en aquella enganyifa.

Sou admirables!
Amb nens com vosaltres, aquest món està salvat!
Ja ho deien el Beatles: *all you need is love!* I a vosaltres de *love* us en sobra!

Nosaltres ens vam quedar amb el diamant que havia fabricat en Brex i això va fer que, tot d'una, passés una cosa que no ens esperàvem. El nostre amic joier ens va fer una oferta pel diamant.

Ves per on, Emma, em sembla que al final podrem arreglar el terrat!

Vam arribar a un acord amb el joier: a canvi del diamant, ell pagaria el que costés arreglar el terrat de l'escola.

Al final les coses havien sortit prou bé, si no fos perquè, de la mateixa manera que els participants havien recuperat els objectes que havien aportat al Torneig, el Dr. Brot va marxar amb el *Llibre dels monstres*. Una vegada més havíem perdut l'oportunitat de recuperar el *Llibre*. I a la Lídia i a mi ens sabia un greu immens.

Si podíeu empatar, també podríeu haver guanyat, oi?
Sí, Agus, però no hauria estat just. Els vostres contrincants també tenien dret a una segona oportunitat...
Sí. Ho sabem, però...

Quan us van acusar de robatori, vam trobar el *Llibre* i els altres objectes, però no podíem marxar i deixar-vos a la garjola...
I ara tampoc no hauria estat just! És millor que tothom guanyi una mica que no pas que algú ho guanyi o ho perdi tot!
I no patiu. Un dia o altre recuperarem el *Llibre dels monstres*!

A vegades no era fàcil entendre els monstres, però el que estava clar era que la seva generositat amb els altres era a prova de bombes. I, per això, quan vam acomiadar-nos dels nostres companys de torneig els vam recordar que aquesta vegada havien tingut molta sort.

Ja no se'n fan, de nanos així!
Si mai em necessiten, poden comptar amb mi! Paraula de delinqüent!
Tenen tota la raó!
Si no hagués estat per ells...
I amb mi, de totes totes!
I amb mi!
I amb mi!
I amb mi també!

11

UNA MICA DE NORMALITAT, PERÒ NOMÉS UNA MICA

La nostra vida de jugadors s'havia acabat! Aquell vespre ja vam dormir a casa i la Lídia va venir a la meva habitació per celebrar que tot s'havia acabat. Era una sort poder disposar dels forats d'en Hole.

Mentre recordàvem el contracte del Torneig hi va haver una discussió. Els monstres no recordaven en quina pel·lícula dos dels Germans Marx, en Groucho i en Chico, començaven a retallar un contracte fins a deixar-lo en no res. La Lídia i jo no en sabíem res, dels Germans Marx, però aquella nit els vam descobrir!

Per matar la discussió, en Brex va construir un projector amb dues caixes de cartró i la meva lupa. Després em va demanar el telèfon mòbil de la meva mare, i va començar a projectar la pel·lícula *Una nit a l'òpera*.

Ens vam morir de riure i, en efecte, vam veure com els Marx estripaven un contracte fins a deixar-lo en una sola frase.

Sí, em sembla molt bé! Segueixi, segueixi... Carreguem-nos un altre tros!

L'endemà, ja del tot relaxats, la Lídia i jo ens vam trobar al replà de l'escala de casa per anar junts cap a l'escola. Els monstres, amb bon criteri, havien decidit quedar-se a casa per continuar veient les velles pel·lícules dels Germans Marx. I a nosaltres ens va semblar molt bé que es dediquessin a descansar.

I no era mut! Va escriure un llibre excel·lent sobre la seva vida que es diu «Parla Harpo!». Per cert, hauríem d'agafar-lo de la biblioteca!
I a més d'en Groucho, en Harpo i en Chico, també hi havia dos germans més: en Zeppo i en Gummo!

Quan vam arribar a l'escola, vam tenir una sorpresa molt agradable. L'Emma no havia perdut el temps. Ja havia contractat una empresa constructora que havia començat les obres al terrat. La propera vegada que plogués no ens mullaríem!

Ja ho veieu: feina feta no té destorb!
I ara us espera una altra gran sorpresa!

En efecte, les obres al terrat no van ser l'única sorpresa. Com que l'Emma havia explicat a tothom com havien anat les coses durant el Torneig, els nostres companys, per donar-nos la benvinguda a l'escola, de bona fe, ens havien preparat un concurs de jocs de taula.

Sortosament vam trobar una solució. Potser no era la millor solució del món, però era una solució.

Vam sortir del lavabo i vam passar la resta del dia a la infermeria de l'escola, bevent camamilla rere camamilla, mentre els nostres companys participaven en el concurs de jocs de taula que ens havien preparat. Nosaltres ja n'havíem tingut prou!

Salut! Jo tampoc!

Però, a poc a poc, la sala de la infermeria es va anar omplint de gent que ens venia a saludar: els nostres companys, les mestres, la cuinera de l'escola, la directora, els monitors del menjador i, evidentment, l'Emma.

I ara per què brindem, Lídia?
Pels monstres!
Pels monstres!

I BEN AVIAT...
UNA NOVA AVENTURA:

EL SALT DEL TEMPS

Una tela molt especial,
un problema temporal,
un viatge inusual...,
I UN MUNT D'EMBOLICS!

I si saltem damunt del llit elàstic, viatjarem en el temps?
Mira, saps què? Tu salta i ja veurem què passa...

SI N'HEM VISCUT, D'AVENTURES! DESCOBREIX-LES TOTES!

L'AGUS I ELS MONSTRES
ARRIBA EL SR. FLAT!
JAUME COPONS & LILIANA FORTUNY
combel

L'AGUS I ELS MONSTRES
SALVEM EL NAUTILUS!
JAUME COPONS & LILIANA FORTUNY
combel

L'AGUS I ELS MONSTRES
LA CANÇÓ DEL PARC
JAUME COPONS & LILIANA FORTUNY
combel

L'AGUS I ELS MONSTRES
LA LLEGENDA DEL MAR
JAUME COPONS & LILIANA FORTUNY
combel

L'AGUS I ELS MONSTRES
LA GUERRA DEL BOSC
JAUME COPONS & LILIANA FORTUNY
combel

L'AGUS I ELS MONSTRES
SANT JORDI DE LES GALÀXIES

L'AGUS I ELS MONSTRES
DE LLIBRE EN LLIBRE
JAUME COPONS & LILIANA FORTUNY
combel

Ahhhh
AUCH!